温暖而荒凉

麦须 著

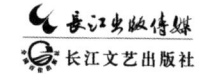

长江出版传媒
长江文艺出版社

图书在版编目（CIP）数据

温暖而荒凉 / 麦须著. -- 武汉：长江文艺出版社，2023.10
ISBN 978-7-5702-3227-7

Ⅰ. ①温… Ⅱ. ①麦… Ⅲ. ①诗集－中国－当代 Ⅳ. ①I227

中国国家版本馆CIP数据核字(2023)第115181号

温暖而荒凉
WEN NUAN ER HUANG LIANG

责任编辑：王成晨　石　忆	责任校对：毛季慧
封面设计：祁泽娟	责任印制：邱　莉　王光兴

出版：长江出版传媒　长江文艺出版社
地址：武汉市雄楚大街268号　　邮编：430070
发行：长江文艺出版社
http://www.cjlap.com
印刷：湖北恒泰印务有限公司

开本：880毫米×1230毫米　　1/32　　印张：6.25
版次：2023年10月第1版　　　　2023年10月第1次印刷
行数：2820行

定价：58.00元

版权所有，盗版必究（举报电话：027—87679308　87679310）
（图书出现印装问题，本社负责调换）

麦须,原名倪立新,1971年生,浙江嘉善人。

目 录

我们住过的人间

我有一坛桂花酒　003

桨声与慢板　005

最重要的事　007

河边王国　009

草地上的臭小灰　010

时间里的母亲　012

夜的海　014

夏洛灰　015

灰色变奏曲　016

我们住过的人间　017

今夜　019

之后　020

造像　022

某种疼痛　*024*

代达罗斯的奔跑　*025*

祖孙俩　*027*

斗士　*029*

今天，更早一些　*030*

"我们不能不爱母亲"　*032*

聂小倩　*034*

冬日来电　*036*

哲学家　*038*

简短而漫长　*040*

多年以后　*042*

蛙

地球上的古镇　*045*

造物　*046*

遗迹　*047*

在汾湖　*048*

雷泽有神，在吴西　*050*

房子里的屋子　*052*

广陵散　054

马陆的忧伤　056

海华宾馆的窗　058

消失　060

石头人间　062

在龙泉窑下村　063

五龙山寺记　065

阁上有青天　067

龙庄浜里有一座龙庄寺　069

每个地方都有一片野猪林　071

银碗里的北冰洋　073

蛙　075

我买了一架望远镜

小楼记　079

南苑里　080

冬日街景　082

枇杷树和摘果器　083

窗外　084

戛然　*085*

关于麻雀的叙述　*086*

朋友圈售房信息一则　*087*

刷墙记　*088*

在人间　*089*

沈家窑的独弦琴　*090*

裕华木业　*091*

沙乡　*092*

果蔬批发市场门口　*093*

玩具悲伤　*094*

麦芽糖呀棉花糖　*095*

摇篮曲　*097*

1984 年　*098*

我买了一架望远镜　*099*

沉思之踵

"要有光"　*103*

灵魂　*104*

相信　*105*

先知　106

滴答、咔嚓　107

信　108

绝对本质　110

悲伤之矛　112

明亮的参照物　113

米开朗基罗之手　115

他来向我讨要的一切　117

印记　118

春日晃动　120

沉思之踵　121

读诗记　122

宿醉　123

谜底　124

我的野兽　125

梦　126

我的宫殿　128

九月二十三日观云林画意　130

冬日卜辞　131

我的酋长　133

空房子

尘埃博物馆 137

我们彻夜谈诗 139

关于减肥 141

影子 142

于某处凝固 143

每一个我都在夜里跑步 144

自由落体 145

死亡叙述 147

一次死亡 149

春天的关联 150

空房子 151

冬天的帽子 153

节日 154

中央公园 155

奥德修斯 157

哑巴之死 159

温暖而荒凉 161

钢铁摇滚

强迫症　*165*

谋杀　*166*

玫瑰晃动的世上　*167*

钢铁摇滚　*169*

天堂是一种粒子　*171*

忽必烈的鹤　*173*

蛮荒时代　*175*

花之语　*177*

手套　*178*

那原是一种鸟鸣　*179*

棋王　*181*

南山放牛　*183*

如果有这样的时刻　*185*

暮鼓与晨钟　*187*

我们住过的人间

▼

我有一坛桂花酒

她泡了一坛桂花酒
里面加了点糖
还有去年秋天的那些个夜晚

我们慢慢地走着
看那些淡金的、黄金的
红金的华丽家伙们

无声地移动
她用一把长柄雨伞
收集它们,并用烈酒封进坛里

我逢人便说
我有一坛桂花酒
等等,再等等,再等等

作为礼物,我把它送了人

我不知道它是什么味道
也不知道它是如何被喝掉的

我只知道
我有一坛桂花酒
再等等，再等等，再等等

桨声与慢板

我娘在调侃小灰

这下好了，腿瘸了

妻子说，是听见它叫了一声

像是被谁踩到了

我姐来了，陪我娘

坐在沙发上，跟着笑

我说这是小狗发嗲

说不定等下就换条腿瘸了

儿子跑步回来

听了就去摸摸它的头

我和妻子在绑护膝

轮着感冒，好几天没跑了

整个晚上小灰都瘸着

我们坐着喝了点酒

妻子说,今天有人很受伤
我想了想,也许是我娘踩到的

那时候,我娘早已经睡下了
再过一会儿,妻子也就去睡了
然后是儿子刷牙的声音
夜已深,万物拍击着黑暗的孔窍

最重要的事

她说
吃一根棒棒冰吧
那是在傍晚,遛完小灰
之后

我像一条河那样淌着
天上还挂着薄云彩
大姐们的广场舞早已火热
河边的钓鱼人闪着蓝光

我像一条河那样淌着
再没有比吃一根棒棒冰
更重要的事了
她把棒棒冰掰成两段

她说
吃一根棒棒冰吧

我并不渴,屋子外头还没有黑

月亮也还没有出发

河边王国

这种叶子
掌心是向上的
哪一片叶子
不是掌心向上呢

这个是什么
这个是鸢尾草
这个又是什么
这个是金丝桃娘

我们跟着暮霭里的植物们
它们一直在说些什么
类似于脚步声

你的脸,只剩一个轮廓
绣球花的轮廓

草地上的臭小灰

一、二、三，左脚跳

三、二、一，右脚跳

我数着，一直数着

那节奏里有着蓝色四溅的阳光

瞄准草地上的琴键

敲出一汪汪波纹

一、二、三，右脚跳

三、二、一，左脚跳

多么好！这世上

已有的还有的快乐的快乐们

多么好！这世上

所有的仅有的快乐的快乐们

一、二、三，左脚跳

三、二、一，右脚跳

我数着，一直数着
那节奏里有着蓝色四溅的阳光
多么快乐

时间里的母亲

转过小区道闸的时候
突然看到
她摇晃的背影

斜背着包
像一个滑稽的士兵
不知要去哪儿

一切都很坚实
人行道，石头围墙，铁栅栏
阳光照着的高楼

如同彩色照片里的
黑白影像
悲伤的并不是影像本身

她只是——

在我未来的——

记忆中——

慢慢地走向——

公交车站——

人群的——

更深处——

夜的海

云像是一大片沙滩

泡沫似的白

拍打着更深的暗蓝色的海

月亮那么近

夜的核

小灰在草里嗅着

有人在研究植物掉落的种子

我独自望着那些高楼

一些孤寂淋着月亮

滴下来

夏洛灰

望不到头的
栾树和银杏树的落叶
铺成的人行道

穿上蓝衣服的小灰
在探寻着什么
又跷起脚来撒尿

循着一根看不见的线
使劲拖我去发现
某个秘密

灰色变奏曲

整个上午
我都在听音乐
从斯特劳斯到雅尼

小灰无动于衷地
蜷睡在脚垫上
直到旋律里出现了打雷声

它想跑去哪里
又站住,莫名其妙地
死盯着我

我们住过的人间

三十五岁那年

我买了一份意外保险

每年得交几千块

一直到三十九岁

我不再跑来跑去做生意

就停了,交过的也就白交了

我老婆一直没弄明白

这人是不是脑子有问题

日子太平,也就不来追问了

今年我买了一个冰柜

不贵,才一千多

也没商量,直接就下单了

她笑了笑。网上有囤货指南

买了一堆吃的用的

我觉得她一定是明白了什么

像是一部令人舒适的爆米花电影

一切都显得如此惬意

结尾定格在我跷起的二郎腿上

今夜

昨夜的推过半天的云呢
本以为会把暗蓝的海
都占满的

我们还是走着
并不以为走错了地方
直到看见白蝴蝶似的韭兰

之后

她划着船

在幽暗的河上

吃着饥饿

吃自己长出的叶子

岸上并排长着黑夜

挂着不知形状的

果子,只一眼

就掉了下来

有光,却是

暗的变奏

只照亮光本身

只照亮光和光之间

保持陌生。在陌生中

保持警惕,当她

拒绝使用塑料制造的桨

当她,只用双手

插入水中,并使它翻涌

造像

这个顺天应命之人
一声不吭
坐在客厅的沙发上
瘪而下垂的眼睑
重重的心事

何其漫长的午后
阳光,剖开
记忆之鱼的白肚子
沾染着,毛边翻卷的往昔
渗出的血

和悲欢。往昔的往昔
蒙着神秘的纱
仿佛另外一个相似的人
在井里打水的样子
用一只篾皮竹篮

那些运气

都已经用尽了吧

那些抗争，远去的轮船

墙上的钟一直在走

极慢地走一圈，又极慢地走一圈

某种疼痛

小灰跑到窗口
小黄跑到窗口
小白跑到窗口

傍晚小区里的犬吠声
像是人们的闲聊
只是闲聊

并不知道内容
也并不是那么重要
譬如我体内的

寄生虫、细菌、真菌
病毒、鬼魂之类的
它们的闲聊

代达罗斯的奔跑[1]

他终于是跑远了
朝着月亮
而我一再慢下来

夜幕下的蓝色打火机
看不见的阴影中
白色运动服一闪而没

都在黑暗的箱子里
只是一前一后
构成的节拍

他折返回来
确认某种情感的存在
那并非源自我

---
[1] 古希腊神话人物。

又确然是我的驱使

让他再次向前

奔向一个古老的终点

祖孙俩

起床之前就听见

他们在吵架

小灰"汪汪"的大嗓门

她衰弱的呵斥声

等我们都出了门

他们就不吵了

她在床前放了个盆

铺上她的棉袄

现在他们像是祖孙俩

一个九十三

一个四岁

隔了两代的祖孙俩

小灰一定是

爬进了那个盆里

她一定是又回到了床上

他们都听着那扇门的动静

斗士

狂吠不止的灰

因为发觉

禁止力量的消失

在猛冲到另一条小狗面前时

突然刹住了

它回头看了我一眼

原地转了一圈

一声不吭地

离开了它的敌人

今天,更早一些

更早一些,送她去车站
提上大行李箱,背上
双肩包和吉他

更早一些,我们谈论
我们之间的关系
一粒豆子和另一粒豆子

更早一些,时间的光柱
投射在水中的虚影
绿绿的,破出豆壳的嫩芽

更早一些,无始无终的轨迹
静态的恒久潜伏在
滚动的星空下

抽烟。想着将要过的今天

想着要过的今天和今天

那个变大的空洞

电脑屏幕上跳出一个女孩

有着大理石的质地

和湛蓝的深邃

"我们不能不爱母亲"[①]

她靠坐在客厅的沙发上
皮和骨头的构成
往软靠背里陷进去
像是陷进
一个蓬松的虚空

屋子里没开灯
晨光从背后照进来
黑的轮廓
黑的雕像
黑的气息

我从房间里走出来
一个我喊了她一声
另一个我默不作声

---

① 引自韩东《我们不能不爱母亲》。

远不止两个

最后一个冷冷地进了书房

"特别是她死了之后

你只需擦拭镜框上的玻璃"①

一个我反复演练着的将逝的瞬间

一个我受困于阳光的明媚

一个我和她一起彻夜不眠

终于,我们相对无言

如同一池

见底的秋水

---

① 引自韩东《我们不能不爱母亲》。

聂小倩

她不说话
在我的神龛下
也不拜,低着头
小声地啜泣

关于她的一切
我都知道
当她还是一些散落的颗粒时
她就是这么个样子

温暖、柔顺
还藏着一丝善良的狡黠
她认真地理解着
每一个含混晦涩的指引

并竭力让它们更接近
一种自然

比如说夜晚的虫鸣

昏黄的炉火

我知道所有与她相关的

悲凉

一个至暗的阳极

仅存的秩序

冬日来电

那个

小红帽

穿着小连衣裙的

小心脏

胸口抠不去的

小图钉

他侧着脸对着屏幕

尽量避免跟她的

对视

尽量只说

嗯

直到她说有事了

他端着手机

看着

她的脸定格了几秒

然后消失

那是张戴着细框眼镜的脸

陌生人的脸

她背着两只小手

开始背诵下一页的故事

那个小红帽

骄傲的脸

阳光照过来

像座搭着脚手架的宫殿

哲学家

一个橄榄核
小灰在咬一个橄榄核
死硬的橄榄核
一声不吭的橄榄核

为什么不是牙签
三两下就能解决的牙签
也可以是餐巾纸
踩着撕一地的餐巾纸

可它就是个橄榄核
就那么一小粒
沉睡的宇宙
深藏着各种无限

无聊的游戏
没有结果的游戏

停不下来的游戏

强制进行的游戏

用来填满

晨昏之间漫长的空白

简短而漫长

她又回来了

在长假里的第三天

她又回去了

在长假后的第一天

其余的日子里

是来自远方的一抹云彩

其余的日子外

仍是来自远方的一抹云彩

就像：她终于回来了

一块石头滚下了山坡

她终于回去了

又一块石头滚下了山坡

总是想不起上一次她的模样

或是上上次的模样

只是想起,山坡上
每年都会再开一遍的野花

就像:漂浮在水面上的落叶
挂在枝头时的简短
就像:漂浮在水面上的落叶
被风吹走后的简短

多年以后

那时木槿树还没有长高,他写道
像移动的时光,他和她牵着小灰
谈论着寻常的话题。一条鱼游过来
在傍晚的宁静中捕捉星辰的轨迹

不知现在他们走到了哪里

蛙

▼

地球上的古镇

独自走在

尚未竣工的街道上

阳光空荡荡的

紧闭着的门都上了锁

只是偶尔看到的

翻开的条石旁黑乎乎的窨井

提醒我,这是个

将会热闹的地方

在寂静之后

造物

那些规划了许久
又建了许久的
崭新而
老旧的古镇

那些用塑料卡扣
固定着爬上
高墙的
枯黄发芽的藤蔓

无法验证真伪的时光里
某种意志的呈现
像极了
我们出发之前的样子

遗迹
——访吴江六悦博物馆

现在
他们都死了
都死了很久了

只留下这些
木菩萨,泥菩萨,石菩萨
还有一大堆物件

一大堆时光
金黄的,银黄的,土黄的
说不完的,说不出的

和我们,和永不结疤的
现在,一起构成
未来的
遗迹

在汾湖

我们走过去
被堤上的一条船
盯着,被半掩的舱门盯着

孤零零的一条船
一半在岸上,一半在水中
一个鸡棚,一个狗窝

一户人家。一间晃动的屋子
一只猫在桌上吃饭
一条狗探出脑袋,又转进去

应该有一个女人,在舱里
黑乎乎的脸越过猫
同样盯着我们

还有狗窝里几只往暗处爬的

小奶狗,它们都在等
一个远远划船过来的黑老头

这是在汾湖。如果
把一支箭射向更远的水面
无论多远,都会掉头射向自己

雷泽有神，在吴西①

一定有另外一条路

通向那个泽国

第三条路仍在暗处

和更多的路一起

构成谜之宫殿的斯芬克斯

而我们正在其中的一条发辫上

樟树街或是樟树大道

一条干燥而坚硬的陆路

地上铺着各处搜来的老条石

会看到残损的铭文

店铺门口有红红绿绿的人坐着喝茶

在树荫下，在物的钟里

---

① 引自《山海经·海内东经》。

一座禹迹桥，一条禹迹路
一座号为慈云的禅寺
一家名叫"禹迹人家"的农家饭店
或谓"雷泽当作震泽"①

那个神，人首龙身的雷神
在迷雾之泽，"鼓其腹而熙"②
看着我们，在自己说出的语言里
不断地发现，也不停地迷路

---

① 引自吴承志《山海经地理今释》卷六。
② 引自《淮南子·坠形训》。

房子里的屋子
——访海盐"澉湖琴洲",观蔡群慧弟子琴操

一间屋子,在桌上
在有篆文屏风的房子里
在指尖,在碳基的脑子里

以玄冥之术拿住琴的七寸
在最稀薄之处按压、滑动
弦竖起来,构成梁椽

阳关何处。空旷的竹敲击
被时间拧紧的宇宙
漫溢之音,低语的疏影

房子里的屋子,客官
面目不清,逐日撩拨着肋部
诗与酒,剑和琴

竹林中的往复,其数为三
日月杳渺,操琴者
其数,亦为三

广陵散

竹林一直在那儿
空的竹椅
和空的棋局

就是一片竹林
就像你看到又忘却的
事物，抬眼又在

都是竹子。风一遍一遍
地吹，阳光晃动
在不可知之处

竹林里暗藏着刀剑
暗藏着尘世
可以自创一套绝世武功

也可以弃之不用。不劳店小二

酒可以自行斟满

我,自可以边哭边笑

马陆的忧伤
——南北湖道遇马陆

唯有这只

划着一排儿长腿的

马陆

才足够叫人惊讶

然后才是南北湖

黑绿的山

虚化了的枯黄茅草

迂回的空旷

据传此地适合修仙

却不见垂虹

与落雁

徒妄言其不见之见

而马陆不屑人世

在这食物丰沛的居所

当危险降临

它将释放毒气,并遁于无形

海华宾馆的窗

不确定的早晨
窗前沙发上
坐着的人
盘算着剩下的半小时

还能干什么呢
行李箱离右脚的距离
墙壁上回响的滴答声
悠长的寂

另一个已经离去
拖着已经过去的半小时
留下长腿的影子
明亮的寂

只剩一个词
半小时里所有的囚徒们

都坐在窗前的虚空里

窗,也消失了

消失

从我们头顶走过去的
小老头小老太
挑着担子
后面跟着蚂蚁似的狗

他们看上去都很小
像是另一个世界的事物
却在高处
仰着脖子才能看到

如果想把照片拍得更好
就得爬上那些石阶
慢慢地
变得和他们一样小

那是在松阳县的陈家铺子
爬得越高的人

看上去越小
直到进入天空深处

石头人间
——访青田石雕馆

那些

从早到晚

都忙着

给石头定义的

人们

仿佛都不曾死过

在石头里

在龙泉窑下村

被人抠去很多了
有宋的有元的
一个个朝代都在上面

孤零零的一间土房
泥墙里嵌着
瓷片、陶片、小石块

还有裸露着的
电线和电表
门前晾起的粉色小碎花

阳光照在身后的山顶坡上
小径是官道
宋朝的石头铺就

但它们都在此刻

不久前,它们都被阳光照着

土坷垃或是枯茅草

偶成的布景

在细颈的秘色小花瓶里

五龙山寺记

因为导航的指引
车开到了一片向阳的山坡
成群的墓碑摇曳着
一个温柔的女声响起：
"您的目的地到了。"

北山的小路向上
一座小庙和
一个清瘦的和尚
殿上供着簇新的三尊佛像：
释迦牟尼、弥勒和药师

看不到五龙山的五条龙
只见无数的白色积木
发电厂的冷却塔
高铁站伸出的笔直的轨道
云层掩映下

四处蔓延的生命

煮茶焚香

不时有苍蝇停上额头

我们坐着,前面是墓地

背后有村庄,都在这偌大的寺庙里

阁上有青天

站在极高的阁顶
一个巨型沙盘
山脉、河流、森林、建筑
看不到人潮

在山顶建造一座楼阁
大约是为了更接近天空
锦绣的铺陈
只需一根手指

曾有很多根手指
圈点、支撑、挪动、碾碎
如同孩子们的游戏
疯长的想象

会有人将手指移到云朵之上
那里有更大的辽远

只是时间不得而知的意志

似有着沙画师的空灵

龙庄浜里有一座龙庄寺

一只鸟飞过

拨了一下东面的楝树梢
龙庄寺高耸的屋脊弹着风
龙庄浜的断尾拍在水泥地上

它停到了飞檐顶端
龙庄浜里的
龙庄寺南面侧殿的飞檐顶端

一些人关上车门

挤破早晨的空洞和清虚
龙庄寺威峙的牌楼声若洪钟
龙庄浜的梦境燃着硕大的香烛

他们在南门口排着队

龙庄浜里的

龙庄寺牌楼后的南门口

一只鸟飞过

一些人关上车门

他们在台阶上排着队

龙庄浜里的

龙庄寺东面斋堂的台阶上，排着队

每个地方都有一片野猪林

似乎所有人都去过
铁路桥对面
圩岸上的一小片树林

孤独的车头灯
觅过来
光柱里四散的飞蠓

一个缄默而隐秘的所在
藏着流氓犯、窃贼和逃亡者
藏着乜斜着的情欲

这片手抄的黑树林
一直存在着
它们的根须融合在一起

如同一个囚牢里的囚犯

当然会被铲除

在某个清晨之后

只是,早已有人将它搬离

并不知羞耻地

悄悄地,继续生长

银碗里的北冰洋

我到过一些城市
在某幢大厦的拐角处迷过路
我也去过一些小镇子
在瘸子开的小店里买过酒

你看,我就是这么活着
在每一个到达的地方
撒上一泡尿,有一次
是在成都街头的广告牌下

如果抽出时间
并把它们铺到桌上
反复播放,它们就会
慢慢融合,成为一片喧腾的海

那是我,和我的世界
而那些从未去过的地方

它们混沌一片,如同
地图边界之外的无限空白

但它们似乎并非未被命名
甚至,它们从远处
传来的潮声,同样构建了我
不易察觉的另一种存在

无形无质,但又无比真实地
存在于每一个瞬间
就像遥远北方晃动着的北冰洋
在一只端起的银质小碗里

蛙

我只想在这儿
哪都不去
就坐着,在井里

或是哪都想去
只不停下
就跳着,在别处

无论如何
黄昏的巨大脚印
都会踩上我

无论如何
深潭里行走的云
都在望着我

端坐如行走的我

我买了一架望远镜

▼

小楼记

小楼静默
木地板嘎吱嘎吱

外面是瓶山街,是龙鼎御园
车流,人潮
高铁站,远方,海

阳光倾泻的天空,鸟,云
平流层,卫星,空间站
月球,银河

我想起了
从前某人曾想起了
日后某人也想起了

时光与空贝壳的韵脚
木地板嘎吱嘎吱

南苑里

当我再次走过湿漉漉的小店门口
她正在鱼缸里挑拣死螃蟹
我没去看她,就像不去看街尾的
落日,冒着气泡的时光

一定有一个强壮的男人藏在
她的哪里,微卷的刘海下
乳房中间的兜里,慵懒的眼神里
腋下,发鬓的呼吸里

这个把螃蟹从海里抓进
鱼缸的男人,在月光下
磨去尖角的男人,将她惊慌的
小钳子——安抚的男人

"她会一直藏着那个男人"
我慢慢拐过她的视线

拐过南苑里狭长的傍晚

听光潮水撞击虚空和屋顶

冬日街景

瘸子拄着自己去公共厕所
瞎子在唱歌
瞎子揪着每个人的耳朵

瞎子扛着自己去公共厕所
瘸子在唱歌
瘸子揪着每个人的耳朵

瞎子和瘸子轮流唱着歌
瞎子和瘸子揪着街道
和房子的耳朵

瘸子和瞎子轮流唱着歌
瘸子和瞎子揪着树叶
和自己的耳朵

枇杷树和摘果器

我买了一个摘果器
网上,有很多这样的工具
还送锯子和钩刃

天井里的枇杷树
挂满了枇杷,下面的还青
顶上的被鸟啄去了一半

我在网上买了摘果器
许久都没有送来
我不打电话,只等着

这样,我的脑子里
就一直有一个摘果器
还有满树金黄熟透的枇杷

窗外

它一直站在窗外
披着毛茸茸的绿色大氅
风拂起下摆,空荡荡的

那些虚幻的金色果实
淌着蜜的喧闹季节
转眼消逝的神话,那些赞颂

下一季狂欢并不久远
熟稔的失却紧随其后
它只能站着,那是命令

我在窗前,在它的阴影里
从一片叶子到另一片叶子,搜寻
那大而狭长的沉默

戛然

而它只是从铺满落叶的地上
一跃而起

灰色翅羽的末端
镶着一条白边

打开又收拢
用尾部平衡着万物

如同一粒石子
突然掉进晨光的虚空里

关于麻雀的叙述

我们在檐下看雨
树着了魔,甩一身水
跳腾着。老陆
拖着调子说:

去年这上头有只麻雀窝
台风天,掉下来
死了三只小的——
一只毛都快长齐了

前几天,又来了两只
转了几圈,飞走了

朋友圈售房信息一则

图片：手指、树、鸟窝

那块遮住阳光的黑斑
果实那样悬挂着的黑斑
枝丫中间，就是那儿

自建，独栋，小高层
光照好，视野佳
采天地之灵气，纳日月之精华
上风上水，回归自然

业主已飞往南方，急售
无需钥匙，随时看房

刷墙记

一面旧墙上,白色
正在侵吞先前的颜色,两个人
在对面刷墙,我在阳台坐着
几只鸽子飞过

两个人在刷一面黄色的墙
脚手架嘎吱作响,黄色还在
只不过被白色覆盖了。对面阳台上
一个人在发呆

一个黄白条纹的下午
三个人在刷一面墙
不,现在是四个
不,是第五个……

在人间

阔而大的光织就的锦毯
直铺到脚下,纹路细密,闪烁着
流动着,到处都是
烟花疯癫的游戏

无法察觉巨大蜂巢射出的灯光
红叶李和美人蕉之间
水面下,撩着竹子的风
乱蓬蓬的水鸟,那些歌手们

我坍塌成虚空中的一只眼
注视着锣鼓喧天的蚂蚁和金甲虫
薄翼的蜻蜓像是发现了什么,径自
飞向蔷薇开败的黑夜

沈家窑的独弦琴

从泥土和砖瓦中拽出
记忆,拽出尸体
这并不可行
它还活着,吞食烟火
吞食时间和运气
以致变得沉重而灰暗

那些貌似古老的青色砖瓦
荫蔽着人们,大地的
血肉覆盖大地
从泥土里索取的
终是泥土

在沈家窑,我听到一张独弦琴
弹奏的单音
那至为单调的丰盛

裕华木业

鼻咽部到后脑勺

凿开,吸入

死亡的香气,魂魄的

小叶紫檀的血

贯通

任督二脉

一棵树的尸体

据说

可以

让人晚死十年

这里

有

一整座森林的

尸体

沙乡

老橡树被剥了皮
枯死了

在废弃的农场
一切都飘浮着打转

直到三角形的黎明降临
它们才定下神来

只剩半张脸的老房子
执拗地盯着你

果蔬批发市场门口

只到我腰上的
赤膊佝偻的老人抱着电子秤
走过
暮色和他的脸
一样昏暗

我们，抽着烟要去
喝点酒

玩具悲伤

一堆玩具懒散地躺着
灰色的,无聊的
不知何谓

它们身上都写着名字
那些孩子的
确凿的

像是一本书
当无人再将它打开时
悲伤,也消失了

麦芽糖呀棉花糖

从前,水果糖是一分钱两粒的
两分钱的麦芽糖
会把整张嘴都封起来
如果有五分钱
脑袋大的棉花糖就挨上你的鼻子

那些硬币呀,不会
叮当响,它们像瞌睡虫那样卡在
砖头缝里,躲在石板下

睡吧,睡吧
梦里你会找到它们
桌脚旁,椅子下,衣柜的角落里

捡吧,捡吧
壹分,贰分,伍分
快捡起那些财宝,快捡起那些甜

那些梦做的棉花糖，一转眼

就化了，我知道

你要尿了，你要尿了

摇篮曲

像是一个
戴了针织绒帽的
老秃头

那是你在望远镜里
看到的
初升的上弦月

但现在
她依然高悬在那儿
扮着笑脸

那个戴了针织绒帽的
老秃头啊
在我的那口深井的最深处晃荡哩

1984 年

晚自习读过武侠小说后
溜到操场上
练习腾空术

黑咕隆咚的宇宙
杳渺的星辰
瞬间掠过的少年

拖着，尘埃的彗尾

我买了一架望远镜

这很划算
仿佛是买了一整个世界
清晰的,触手可及的
在几块玻璃之后

沉思之踵

▼

"要有光"

阳光投进来

落在纸上

别的，都变暗了

灵魂

只是

一张画满符咒的黄纸

燃烧之后的

气味

相信

我只能相信

冬日来临之前

"犁翻起深处的黑土"

我只能相信

天空崩塌之前

"筛子提了足够多的水"

我只能相信

当爱开始之前

路途遥远,鞋已挂在檐下

先知

现在,你读到的是
我写下的和尚未写下的
你会读到,哦,你不会读到
一个活着和死去的人以落叶缝合的嘴

你终将遗失的时刻

滴答、咔嚓

没什么能停留更久。就像昨天
我读了某人的诗,我的内置相机
拍了一大堆,一秒以后就开始褪色
到今天,只留下一些声响,轻微的咔嚓

不仅是诗。我听过的每一种滴答
看过的每一面黑,每一个被某种奇异感受
照耀的时刻。会突然想起,就一刹那
仿佛只为了那一刹那

在我离开之前,我不会记得任何一首诗
哪怕其中的闪电曾将我无数次击中

信

给我的诗寄去,信,悲伤

瘸腿的愤怒,任它撕扯、嚼烂

释放酸液,这熟悉的敌人

金黄凶猛的野兽

我在剧痛中惊醒

晨光里,用斧子砍柴

提上瓦罐去河边

喂马饲牛,耕作和运输

再没有别的

听昆虫和风声交媾

抱紧夜的石头

做一些即醒的美梦

遗忘多么神奇

灯火暗淡,别去高处沉思

在坠落之井，无法辨别

语言和枪炮的巨响

绝对本质

和我躺下来
一起
在虚构的坐标里

每个历程
都从种子开始
花草和泥土的密语

只是我,对吗
从最远的星系抵达
我们俩,像是

直线上永不相遇的两个点
躺下,隔着
一张树叶,包围

那些惯性、星辰之力、炽焰的外套

再次以谵妄

彰显你的谬误与丰沛

悲伤之矛

这并非是谁发现的世界
直到死亡降临
我们还在学习
如何在光明里睁开双眼

甚至连这瞳仁也是虚无的
没有一种语言能描述
天狼星火的注视
没有一个伤疤源自

空白,唯一的无
从一幅纯黑的画中诞生
当你捡起这世上所有的碎片
并以此缀连成为武装

一柄矛给了我们真理
而我,只能用它刺向我自己

明亮的参照物

光,顶端的嫩叶

在知觉之前

迷途之钟

足够远

我们重叠

从影子到影子

除非以思想触摸

总有空白

进入

如同抱着铁锹的湿泥

执迷于离别的瞬间

昨夜的酒

摇晃着今日的悲喜

每一张卡片或者插图

此刻:一个明日跳入的昨日[1]

---

[1] 引自保罗·策兰《日复一日》。

米开朗基罗之手

垂落的

不再发芽的

寂静的,枯萎的

某种沉没

虚空之海

虚空的悬崖

虚空的支点之末

仍是虚空

是一种死

在那个自下而上的

有着奇异弧度的

成熟的自然

之上,确乎又是之下

只是一个婴儿

不着边际的探寻

每一次的新生

都是一段旋律

繁复的、日渐沉重的

冗长的荒芜

两只手，构成的枷锁

他来向我讨要的一切

他在我的房子里
摆起了宴席
那么多的往昔

打翻了杯盏
酒泼出来
杂沓的脚步

我抓住他的衣领
预料之中的虚弱
挥舞着拳头

他什么都没说
什么都没说
他举着我的杯子在我的房子里

印记

仿佛一条瀑布的崖口
流畅的裂隙
因打磨而导致的陌生

如何分辨幼小的真相
尖锐的角,尖的刺痛
如同断崖肇始

我们说着相似的话语
浮云和星辰的惯常
遥远及冷的同谋

自顾吹着的口哨
来自更新的伤口
白日照耀的风的居所

归处可见,以一个数的

常态,而我们

将把印记带走,自物的深处

春日晃动

春之海
崇高的背叛者
涌动：线条，波形曲面

归于一阵鸟鸣
流放的夙愿
撞击，墙和骨牌

端起，又放下
远处的沙汀、白鹭
悲伤的艺术

籍于此刻动身
抵达汽化或固态的
温暖，由内生的枝丫抖落

沉思之踵

如果沿着边缘
将一小块阳光之外的白昼
裁掉

或者把夜晚
尚余一丝光亮的部分
裁掉

会得到什么
一个陷阱还是一个真相
如果你想要的,是纯粹的本质

读诗记

那只是一行
雪地里
渐渐消失的脚印

也是黎明前
叛逃的
弃了甲胄的武士

宿醉

一只鸟
衔着一串
露珠般的清晨

那是我
敲碎了的漫长的
昨夜

谜底

必要的

死

在雏鸟离巢之时

这不是

给你的任务

风一吹头发就白

必要的

生

在叶柄脱落之前

这不是

赐你的幸福

风一吹头发就白

我的野兽

昨夜梦见的那头野兽
最后,咬伤了
皮带一样紧束着我的
可憎的黎明

梦

阿拉伯人阿维森纳

在一千年以前

这么写道:

诗人、骗子、坏人、醉汉、病人

痛苦的人、忧愁的人

以及性格偏执的

人的梦

大抵不是真的

今早醒来时记得

我做了一个梦

梦里的我

记得

自己刚从另一个梦里醒来

我知道,这不是真的

有人在说谎

那不是个真的梦

我只是觉得

自己也做了一个梦

我的宫殿

一只魔法布袋
藏在我的脑子里
里面装着我偷来的宝贝

每晚我都把手伸进去
从底部向上
拽一些什么出来

没断奶的小狗
冻住的船
折断的羽毛

它们都带着奇特的气味
落叶和秋风的气味
流水和月光的气味

我用它们和剩下的时间

建造一座宫殿

直到把它们全部用光

却也是一个坟墓

里面埋葬着

我必须偿还的空无与往昔

九月二十三日观云林画意

没有鸟

看不见雪

高处,山影微痕

一水

一汀

枯树二三

冷

枝丫

刺穿眼睛

不知

不在

不是

冬日卜辞

朋友啊,我必须感谢你
就在此刻,你用你
神赐的双眼,阅读这些
空无一物的诗行

我为什么要写下这孤独
又是什么引导你
忘却这冰天雪地的生命
我有的,只是受困的残喘

从我打第一个字开始
我把我们都逼到了
无以复加的危险境地
因为这些文字,我们变得

何其相似,如同晒谷场上
麻雀陷阱前的最后一次对视

如同鱼群不停吞吐的

变形气泡,还有那些岩壁上

线条猛兽发出的巨大咆哮

"我想沉默,我想扔掉这泡影

但黄金在天空里舞蹈——

命令我歌唱"①

现在,我会署上我的名字

它们曾被用于使一片龟甲通灵

---

① 引自曼德尔施塔姆《我冷得直打寒战》。

我的酋长

钻孔的小砾石
钻孔的石珠
穿孔的狐或獾或鹿的犬齿
刻沟的骨管,海蚶壳和青鱼眼上骨[①]

你看,我找到了这些
那是我兄弟的颅骨
也给它穿上孔
好挂在我的胸口

在这儿,我只能找到这些
这些就够了
我身上挂满了这些
要去往海的彼端

---

① 引自贾兰坡《北京人的故居》第41页。

空房子

▼

尘埃博物馆

当我认出她时
她身上的所有部位
都开始往下掉
东西

一串葡萄,一枝玫瑰
连衣裙,毛绒玩具
发卡,遮阳帽,摇头电风扇
夜晚,草屑,露水,雪珠

不停地掉,像个
摔坏的闹钟
直到再也掉不出任何物件
她大约是说了些什么

又扁着嘴冲我笑了笑
慢慢地走开了

我知道,她一定还藏着些

什么,嵌着,卡着

在灰烬里,一起暗淡的部分

我们彻夜谈诗
——致江离、建平

我们坐着谈

我们躺着谈

我们隔着面具谈

我们戴着镣铐谈

我们一直在谈

跟你,跟我,跟他

跟自己,跟自己和自己

你说,从前,现在

你说,一个好地方,一间破屋子

你说,他们在谈的,那一首

像是一直在说

没有人能赢过骰子

没有人能赢过骰子

而我们彻夜谈诗

在这个好地方，这间破屋子

裹着不存在的旧棉袄

关于减肥

最近瘦了
15 斤
看上去小了一圈

我确信这 15 斤
都不是我
因为,我什么都没少

那么剩下的 100 多斤呢
或是这 100 多斤里的
某一斤

哪才是我
我娘说我出生时才 3 斤 8 两
而我,却并不存在

影子

你看着我
你看着光的锤子斧子
一点一点,把我凿刻出来
从黑暗中

我应该足够坚硬
不然你不会看到,骨架
撑起的形状
过度生长的疤痕

我也应该足够软弱
那些冲击缺乏四溅的火花
锐利的尖啸
缺乏对抗应有的本质

只有灵魂黑色的残余
沉默着,悄悄躺下

于某处凝固

像是晕染过的景物

我一路经过他们

正如他们经过我一样

孩子们的喧闹构成的静谧

某个寻常的枝丫

一小块勾勒过的天空

巨大的高楼上

每一扇窗户都开着

每一个我都在夜里跑步

再晚一些

我会出去跑步

会碰到更多的事物

更多的自己和自己

从白水塘路进入伍子塘绿道

天空从靛蓝进入灰暗

黑的脸撞过来

穿过我,同样黑的脸

自由落体

如果没有云

如果没有纺锤状的光

没有鸟,没有塔尖

没有楼顶架着的望远镜

没有树,没有电线杆

如果没有象群

如果没有风扬起的沙子

没有山,没有地平线

没有远处的飞驰的轰鸣

没有海,没有跃出水面的鲸

地面呢?水泥的柏油的

还是泥沼,只是草

蚂蚱,青蛙,蚰蜒,蚯蚓

地下室,防空洞,矿洞,钻井

穿过之后,星空的形状

打开,几何的,三维四维

在原地,坠落

在大脑皮层的某个风暴中

死亡叙述

很多次

说起某人的死亡经历

像是某种奇遇

在语言里

于是,他

一次又一次地停止呼吸

并在最后关头

一次又一次地睁开眼睛

如果不是出于礼貌

可以试试让他不再醒来

也可以试试让他

变成傻子

也许,还可以试试

把他变成另外一些东西

一双拖鞋或是

一把椅子

一缸抽完的烟蒂

一个翘起的词

一大片紫色的马鞭草

当死亡只是"死亡"的时候

一次死亡

> 所有游戏中都包含死亡的观念
> ——（美）吉姆·莫里森

刚从稻草堆后一露头
就被"老头"建新
用满是泥巴的手的枪
一枪
给毙了

我听到
我"啊"了一声
一大群人捂着胸口
倒了下去

春天的关联

皮鞋踩在落叶上
摩擦和碎裂的声音

是他的一只脚,另一只在秋天
或者是脸,另一张是秋天

如果是脚,我就是落叶
他慢慢地踩着我走过

如果是脸,我就是脚
我踩着他的脸,慢慢地走过

他会如我一般
惊讶于这种疼痛吗

空房子

搬来云,搬来天空
搬来雨,搬来河流
到处都是小石子,红的,绿的
夹花的玻璃弹珠

搬来树,搬来鸟雀
搬来山,搬来迷雾
最好有一片海,沸腾的
住着神似的巨兽

他说:您可以搬得更多
搬进您的房子就是您的
没关系,不劳您亲自动手
当它们离去的时候

当然,您也看到阳光强烈
您的影子已将您遮掩

您的房子总是空着

当您陷进钟乳石的垂落

冬天的帽子

给自己戴上帽子

在冬天

每个人都应该有的

漂亮帽子

这样,冬天就不像冬天了

那个缀着冬天

的绒球春天似的晃

在帽檐上

节日

一个人躺着

盖着白布

我是说

我并不知道

那底下的

是不是一个人

天还亮着

等下就黑了

油布棚只搭了一半

有人坐着折锡箔敲木鱼

有人忙着做饭

有人在嗑瓜子

我们抽着烟

聊着尚未完成的事

中央公园

那个男孩
把吸管贴到鼻尖
轮流闭着两只眼睛

是什么在动
他把吸管挪远了一点
左边左边,右边呢

他不停地前后左右挪动着吸管
直到觉得手有点短了
于是他跳了下来

他把牛奶盒放到花坛边上
后退了几步
然后又后退了几步

他越走越远

中央公园变得越来越大

母亲也失去了踪迹

奥德修斯

直径 30 厘米的 80 个年轮
用时光和魔法
铸成的秘道

致密的牢房,关押着
被挤成
几近无形的往日

斧刃和锯齿
一层层伸进去
阳光的碎屑

只剩下老树桩
被根雕师买下
清洗、雕琢、抛光

获得与树无关的重生

以此滋养

木质的木乃伊所呈现的终极意义

哑巴之死

去接我娘出院的时候
隔壁病床的陪客
问我还认不认识她,她说
我们是同学,我就是哑巴的女儿

病床上苍白瘦小的老人
半张着嘴在睡觉,几天前
看到有护工给她擦身,也是半张着嘴
"呃呃"地叫,真怕会擦破了皮

她应该是从没像样地说过话吧
但她有一个女儿,还是两个
那么就该有一个男人,或是有过
那么似乎就什么都没少

她活不了多久了
同学跟我聊着我不记得的往事

仿佛她已经不在了
谁说不是呢,窗外正飘着鹅毛大雪

她从没说过什么,而她就要死了
她曾经有过的,都要还了
只有一样不用还,忽然想起公元前
六世纪的哲学家泰勒斯,他死的时候

温暖而荒凉

你打到过鸟吗
把石子扣进弹弓的小家伙
看了我一眼
嗯,当然打到过

另外三个小家伙
在一堆沙子里淘金
那里面有什么
一个小贝壳

午后,阳光窸窸窣窣

钢铁摇滚

强迫症

从地下车库冲上来
左拐,直行
右拐下坡
再左拐,上马路

快下雪了
围墙、护栏、水泥路
柏油路,一种
极粗糙极坚硬的灰白

禁不住
要把脸贴上去
狠狠地
摩擦

谋杀

因为空调吹出的

风的缘故

不知什么植物的种子

蚊子一样飞着

贴着地板

一只蝇沿着窗框

不停地爬上爬下

想要在玻璃上

找条缝隙

去窗外

我看了它们一眼

关门离开

玫瑰晃动的世上

太多的蜜叫人心慌
街道粉红,十字路口
脸颊发烫,灯火

太多的蜜,粘住,拉出丝
长长的悬空,脐带
双向管道,哺育

灵魂,如何向夜索取
玫瑰晃动已久,我需要
一个敌人,冰冷的

没有脸的,杀不死的
光与钟的混合体
它会刺穿我

黑甜的梦境,以脱去树叶

的手指，我能看到

玫瑰晃动，在黑的栅栏里

钢铁摇滚

一个头发冒烟的家伙

担任了鼓手

他的鼓槌跟他的眼睛一样

挥舞着灰烬和冰芒

一个头戴花冠的女孩

用十根手指

在键盘上织出蓝色缎带

将自己捆绑起来

一个浑身装满弹簧的瘦子

支棱着电吉他

从裆部掏出火光和雷电

镶嵌他的金色腰带

那些自墓穴张开的嘴巴

飘扬着各式旗帜的陈词滥调

排成一行的坚定灵魂

在冰冷的麦克风前

天堂是一种粒子

坐在乐团最前的
小提琴手
在旋律行进到某一段落时
闭上了眼睛

嘴角有一丝微笑在放大
一条分岔的小径
一个彩色的旋涡
一根缓缓爬升的线条

四周像是被搬空了
只剩下一个空空的
空无一物的
空荡荡的乌有之空

没有光,黑暗也不是黑暗
旋律不再行进

也并非停止

一条无限飘浮的缎带

只是一秒的碎屑,观众们

都陷入了停顿

他们中的大多数都消失了

也有人进入了

某个幻象,甚至

圆形石柱下的那只蝼蛄

在经过长时间的冥想之后

搬进了更为隐秘的新居

忽必烈的鹤

位于查干湖旁的
那座壮丽宫殿的四周
有着一大片肥沃的草原

那里栖息着高贵的鹤
也种植着黍和其他谷物
它们从不会挨饿

每年春天,更为高贵的主人
都会到此与民同乐
会有鹤从他的手中啄食谷粒

更多时候,他会还原成
一个猎人,架着矛隼和猎鹰杀死
包括鹤在内的所有猎物

这些鹤们,一直在繁衍、死亡

一道阳光穿破云层

它们的翅膀,在空中静止

蛮荒时代

绿秆子芦苇

从白色泡沫盒孔洞里

钻出的浅水池中

某只蛙大叫了一声

在城市绿道的中心

沿着柏油马路的两旁

时不时有规整的花草出现

几何形的、新月形的,有些像是

夹着彩色睫毛的眼睛

没有鹿,大群的钢铁塑料

四处乱撞,突然长出的高楼

连绵灯影织就的荒原

夜晚尚未完全抵达

昆虫的鸣叫被逼进角落

最后是如鸦的人群

在这里，生死仿佛已全然消隐

只有落日的余晖

独自在沙漠的迁徙中谢幕

花之语

植物们的性器

充血、膨胀

繁衍的奥义

把阳光摘回来

和它们一起

插进瓶里

会觉得安宁

与静谧

它们的腥味将会

穿透:你的清修

生命的升华

未曾写下的箴言

手套

一只手套
保持着手的形状
搁在桌沿上
伺机

攫取或是舍弃
如同一天中的晨昏
但它
只记住了

充盈的部分

那原是一种鸟鸣

总是这个声音,在早晨
一只鸟的形状
透明、坚实,双翼紧缩
以站立的姿势飞翔

高低错落的转折
像是在几根树枝上的跳跃
从一开始,就盖过了
所有别的声音

各种声音
空气沙沙的声音
打开或是关上门的声音
轮子压着晨光的声音

听上去不错的啼啭
低沉、宽博,夹带着阳光的

咕咕声,听久了
会出现更多的回响

一种有着深刻内涵的表达
正确、严谨,每隔十几秒就来一下
如同整个世界的呼吸
词语,唯一的统领

我放下书本
默数着那些休止
静静地
等待它的下一次出现

棋王

并不需要大靠和髯口
也无需山中日月
只须打开
和关闭

棋局,眼前即是脑中也是
打开,你便是万物
关闭,你便只是你
棋行如星汉

棋盘上皆为杀器
重器,而你要的却是
长袖挥出的弧线,使生于诡谲
之数,而法行云、流水之意

总会抵达这样的时刻
你盯着这宇宙,面带微笑

从容舀取浩渺中的一点星光
不紧不慢,闲雅如鹤

可再布一局,或就此作罢
最后总要起身
忽忆起昨夜的仓皇梦境:
半边楚河,另一半,了无一物

南山放牛

在那座著名的南山

我养了一群牛

早晨把它们放到山脚下

傍晚再把它们赶回来

为此,我需要清理

被粪便和泥土堵塞的沟渠

需要修补被风雨不停损毁的

栅栏和屋顶

因为远道而来的客人

我为我的院子

扎起开着木槿花的篱笆

装上蓝色把手的小门

一定得准备好酒、蔬菜和水果

燃点篝火的木柴和乐器

并在柳树下的石头和草地上
铺好桌布的地毯

好了,现在我可以坐下来了
点上烟,透过雾霭看看
南山下的春光,以及
那黑乎乎涸成一团的牛群

如果有这样的时刻

如果有这样的时刻——
一辆牛车
从你身边经过,极慢地
那牛喷着热气
浑身散发着草料的腐臭
看不见车夫,只有鞭子
在空中打着呜儿

牛车上装的是什么
你可以凑近了仔细看看
一捆湿漉漉的书本
一袋发了芽的谷物
除了日落,我们
总是被这样的事物纠缠着
像是踩进烂泥的湿靴子

但现在,我要说的是

那上面空无一物

只有踢着水的牛蹄隐约的

回响，在晨雾的拥挤中

传递着微弱的空旷

而你可以坐上去

坐到转得并不太圆的轮子上

我是说

如果有这样的时刻——

一辆牛车

从你身边经过，极慢地

暮鼓与晨钟

彼时

圆满如缺

此时

圆满如缺

在纸上行走

在 0 和 0 之间

跳格子

圆弧状飞行

他们说,一些变量

接近于无

等于说,一些无

接近于变量

等于说,一些 0

接近于 0

等于说,从地上

回到地上

等于说

无色光阴的

白脸上

闪着血与酒的晕红